Para todos los que no estén de acuerdo conmigo.

Puedes consultar nuestro catálogo en www.picarona.net

No estamos de acuerdo
Texto e ilustraciones: *Bethanie Deeney Murguia*

1.ª edición: enero de 2026

Título original: *We Disagree*

Traducción: *Júlia Gumà*
Maquetación: *El Taller del Llibre, S. L.*
Corrección: *Sara Moreno*

Edita: Picarona, sello infantil de Ediciones Obelisco, S. L.
Collita, 23-25. Pol. Ind. Molí de la Bastida
08191 Rubí - Barcelona - España
Tel. 93 309 85 25
E-mail: picarona@picarona.net

ISBN: 978-84-9145-868-5
DL B 10.880-2025

Printed in China

NO ESTAMOS DE ACUERDO

Bethanie Deeney Murguia

¡Hola, hola!
¿Te gustan
los higos?

Oh, no. Son las ramitas las que como a mordiscos.

¿Te gustan el color azul y los lunares?

No, me gusta el rojo. Y las prendas más formales.

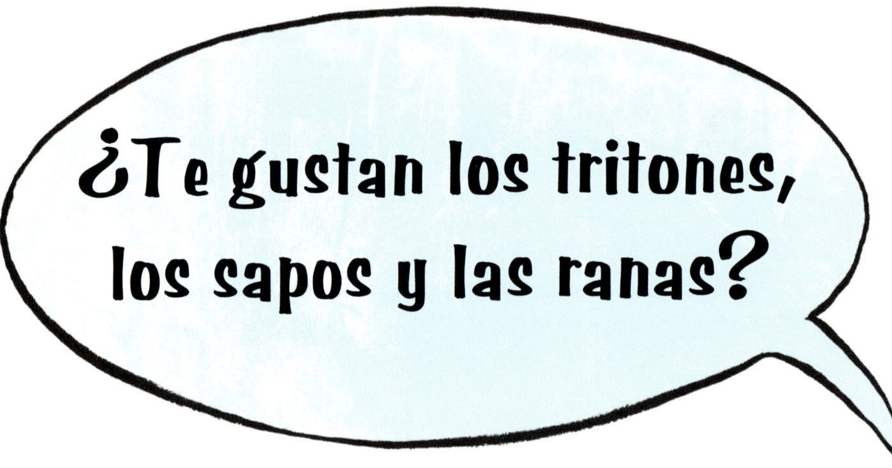
¿Te gustan los tritones,
los sapos y las ranas?

Ni hablar.
Me gustan los
animales que comen
avellanas.

¿Te gusta el cielo
cálido y soleado?

Prefiero el gris.
El Sol pica
demasiado.

¿Te gustan los patines? ¿Y qué tal las bicicletas?

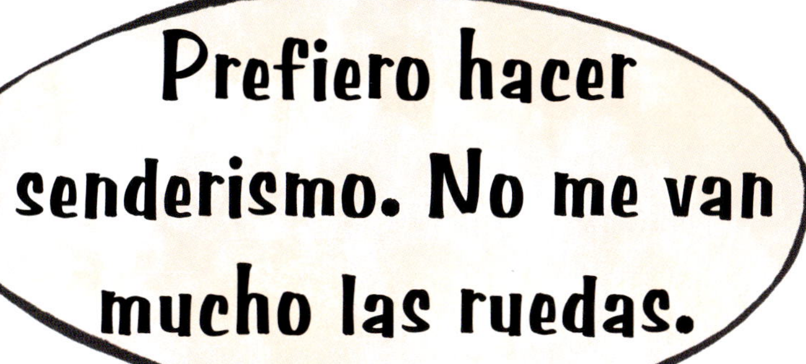
Prefiero hacer senderismo. No me van mucho las ruedas.

Seguro que las flautas
y las guitarras te gusta
tocar...

No, no y ¡NO!
Yo prefiero tararear.

NA
NA
NA
NA

¿Qué hay de malo en el azul?
¿Qué hay de malo con las ranas?

¿Qué hay de
malo con el gris
y las avellanas?

No estamos de acuerdo.
No podemos ser amigos.
No hay nada más.

Más vale
despedirnos.

ESTOY DE ACUERDO.

ESPERA.
¿Qué has dicho?
¿Qué pasa ahora?
Estamos DE ACUERDO.
Esto parece que mejora.

No somos iguales.
Exacto, buena observación.
De nuevo, ¡de acuerdo!

Pero el AZUL... ¿Por qué esa elección?

Bueno, azul es el color del mar y el cielo.

Y el rojo, el de las hojas
y la tarta de pomelo.

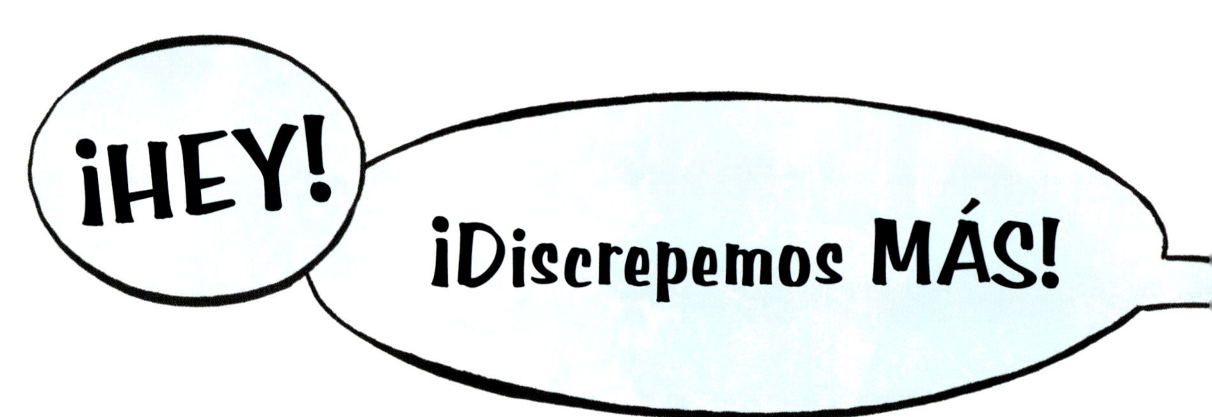
¡HEY!
¡Discrepemos MÁS!

Me parece perfecto.
¿Te gustan los amigos?

¡Estás en lo correcto!